ROMA

AU JOUR LE JOUR

PAR

LOUIS GRIVEAU

AUTEUR DE

ENCORE DES RIMES

TIRADES PAR UN CHAUVIN

SEL ET POIVRE

PARIS

ALCAN-LÉVY, IMPRIMEUR BREVETÉ

61, RUE DE LAFAYETTE, 61

1878

Ye

23691

ROMA

AU JOUR LE JOUR

PAR

LOUIS GRIVEAU

AUTEUR DE

ENCORE DES RIMES

TIRADES PAR UN CHAUVIN

SEL ET POIVRE

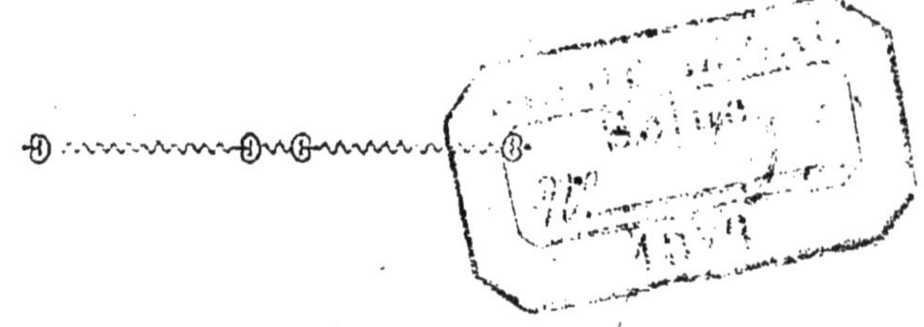

PARIS

ALCAN-LÉVY, IMPRIMEUR BREVETÉ

61, RUE DE LAFAYETTE, 61

1878

ROMA

LE COLISÉE

A CHATEAUBRIAND

Je ne suis pas ton fils, ô chantre de René.
Quand, du temps niveleur subissant les outrages,
Ton astre pâlissait à l'horizon des âges,
Quand la mort t'emportait, à peine étais-je né,

Ton nom, si grand encor, n'emplissait plus l'espace.
De ton œuvre énervante on ne se mourait plus,
Et quand, t'ouvrant mon âme, à mon tour je te lus,
Ton chant désespéré n'y laissa pas de trace.

1.

Le monde renaissait. Tu le crus moribond.

D'un long *de Profundis* tu lui dis le cantique.

Mais quand ta main sinistre eut pris le viatique,

Il recula d'horreur et t'échappa d'un bond.

Il jeta loin de lui cet étouffant suaire

Dont tu faisais tomber les longs plis sur son front.

A l'enterrer vivant il te jugea trop prompt,

Et passa de tes bras dans les bras de Voltaire.

Pourtant on pleure encore aux pages d'*Atala*,

On baise des *Martyrs* la poitrine glacée.

On comprend le supplice avec Cymodocée,

Quand au cirque étoilé son amant l'appela.

Et ce soir, moi qui viens, voyageur éphémère,

Coller mon front sceptique aux portes de Latran,

Je ne sais quel respect me saisit en entrant,

Comme celui d'un fils en abordant sa mère.

Et si, de là, courant porter mes pas rêveurs

Tout le long du Forum dont l'enceinte est brisée,

Je vois sortir du sol l'effrayant Colisée,

Je pense à tes *Martyrs* et je trouve des pleurs.

Hélas! pourquoi faut-il qu'au pied du Capitole,
Quand, à peine, au retour, j'avais séché mes yeux,
Se soit offert à moi, papelard et crasseux,
Un moine mendiant implorant mon obole.

LE CAPITOLE

Au bas de l'escalier qui mène au Capitole,
A cette émotion subite qui vous prend,
On sent qu'on va fouler quelque chose de grand,
Et l'on ne trouve pas à dire une parole.

Pourtant de ces grands noms qu'on évoque d'abord,
Les noms des Scipions, des Césars, des Augustes,
Nul ne se lit au front de ses colonnes frustes.
Entre eux et ces vieux murs il n'est plus de rapport.

Par d'autres que par eux cette dalle est usée.
La rampe qui, plus loin, se dérobe au regard,
N'a pas subi non plus l'empreinte de leur char.
Du mont Capitolin on a fait un Musée.

Quand Rome fut bien morte, et que les Attila
Eurent barré la route aux hommes de Plutarque,
Les triomphes alors furent pour les Pétrarque,
Et c'est pour parler d'eux que ces pierres sont là.

Les Césars devenaient des Dieux de race en race,
Idoles au front d'or dont les pieds sont pourris.
L'Olympe a disparu, voici le Paradis !
Laissons-nous y conduire à la suite du Tasse.

Puis, si l'effrayant Dante, au fond du sombre enfer,
Nous force à contempler quelque hideux supplice,
Tâchons de retrouver la main de Béatrice
Qui nous ramènera vers les plaines de l'air.

Comme le pèlerin qui s'en va dans Médine
User de ses baisers les cornes du Croissant,
Que nos lèvres aussi pressent en frémissant
Le marbre qu'effleura le voile de Corinne !

Mais quelle est cette place où le mur est moisi?
Qui vint, d'un pied hardi, s'asseoir au Capitole?
« Patrie et liberté! » criait Savonarole,
« Patrie et liberté! » répondit Rienzi.

Ce peuple se leva comme sortant d'un rêve.
Oubliant son Saint-Pierre, il se refit païen,
Il nomma Rienzi son premier citoyen.
Jupiter reparut et l'Eglise fit grève.

Mais le vieux Dieu caduc ne put rester debout.
S'éveillant à demi pour voir la saturnale,
Il retomba bientôt avec un dernier râle.
Quant au sang du tribun, c'est le mur qui but tout.

LA COLONNE TRAJANE

En quittant le Corso, devant ce grand palais
Qu'on appelle, je crois, le palais de Venise,
La rue est sale et triste et les balcons fort laids,
Car il y pend toujours quelque vieille chemise.

Mais, à deux pas plus loin, debout dans le ciel clair,
Sur son socle géant, comme un aigle qui plane,
Un bronze colossal se détache dans l'air.
Vous avez devant vous la colonne Trajane!

Et dans le trou profond qui s'ouvre sous vos pas,
Humiliants débris de la grandeur humaine,
Des marbres mutilés, quelques pierres en tas,
Voilà ce qu'on nommait Basilique Ulpienne.

Devant ce grand désert, lent ouvrage du temps,
On ne se sent pas bien maître de sa pensée.
On voit soudain revivre en songes éclatants
Ce temple, ce César, cette gloire passée.

Des colonnes d'Hercule aux deux fleuves jumeaux
Qui bercent le soleil dans leurs ondes limpides,
Tout tremblait devant lui, jusqu'aux simples hameaux
Il lui fallut encor les Daces, les Gépydes.

Vainqueur et triomphant, alors il passa Dieu,
Il eut son temple à lui, ses fidèles, ses prêtres,
Jusqu'au jour ou Jésus, s'installant dans ce lieu,
L'autel changea de Dieu, Rome changea de maître.

Ce fut un beau moment, quand, les yeux sur la croix,
De la nouvelle foi donnant à tous l'exemple,
Constantin, à genoux, embrassa le saint bois
Devant ce même autel et dans ce même temple.

Dès lors le ciel s'ouvrit. Délivrés de leurs fers,
Les Martyrs glorieux sortirent de leurs tombes,
Dès lors le Christ vraiment fut vainqueur des enfers,
Et pour le Vatican quitta les catacombes.

Vous pouvez à bon droit, Romains, vous réjouir.
Car toujours votre ville est la ville éternelle.
Mais à briser les Dieux, pour mieux les enfouir,
Vos aïeux n'ont-ils pas mis un peu trop de zèle ?

Et ne pourrait-on point être un chrétien pieux,
Et garder sa croyance avec une âme fière,
Tout en pensant bien bas que Trajan ferait mieux
En haut de sa colonne où l'on a mis Saint-Pierre ?

L'ÉGLISE ARA CŒLI

En haut d'un escalier usé, brisé, sali,
On trouve devant soi les portes d'une église,
Sur le vieux Capitole ingénument assise.
C'est, me dit un passant, l'église Ara Cœli.

On dirait, en effet, que l'on monte au ciel même.
Fntourés d'un nuage, et le front dans l'éther,
Les Dieux de ces hauteurs, soit Christ ou Jupiter,
Sont bien là pour lancer la foudre ou l'anathème.

2.

Les fidèles païens, bien longtemps avant nous,
Venaient y demander de l'eau pour leurs semences,
Aujourd'hui, pour gagner les pleines indulgences,
Les pèlerins chrétiens y montent à genoux.

Jupiter était sourd, et l'eau ne venait guère.
En vain les malheureux multipliaient leurs dons,
Tandis qu'on est bien sûr d'obtenir ses pardons,
En montant les degrés de la bonne manière.

Et voilà, vieux Jupin, pourquoi ton bras sacré
A cessé d'agiter un tonnerre inutile.
Il a fallu céder la place au plus habile,
Et par l'autel rival voir son temple enterré.

Tu n'as guère l'espoir, après chute pareille,
De restaurations qui te rendraient les cieux ;
Mais puisque la vengeance est le plaisir des Dieux,
Au conseil d'un ami prête un instant l'oreille.

A l'heure où de Morphée aspirant les pavots,
L'époux presse l'épouse et dort sur son épaule,
A l'heure où, sur les toits, le chat glisse et miaule,
Quand l'huis s'est refermé sur les derniers dévots,

Tâche alors de sortir de ta poussière antique,
Regarde cette église, et dis-moi, s'il te plaît,
Comment on a pu faire un bâtiment si laid
Sur les piliers meurtris de ton charmant portique ?

BÉATRICE CENCI

(Son portrait, chef-d'œuvre du Guide, fait partie
de la galerie Barberini.)

Elle est seule. On ne voit dans le fond du cachot
Ni les inquisiteurs sombres sous leur pelisse,
Ni le bourreau muet, debout près du réchaud,
Ni les moines hargneux, souteneurs du supplice.

Sans doute que la scie, ou le coin, ou la chaux
Près d'une autre victime achèvent leur service,
Ou, mieux, que l'instrument n'était pas assez chaud
Pour bien griller la chair au gré du Saint-Office.

A son calme, on dirait qu'elle est dans sa maison.

Ses cheveux dénoués, en tombant avec grâce,

Ses beaux yeux, son front pur, tout leur demande grâce.

Mais tes traits enfantins n'en auront pas raison,

Béatrix! Pour ta vie il n'est pas de refuge,

Car la bêtise humaine, hélas! voilà ton juge.

LA FORNARINA

C'est un beau corps. Sa joue a ce ton purpurin
Que le soleil imprime aux filles d'Italie.
Ses seins sont deux joyaux sortis de leur écrin,
La couleur est solide et la forme accomplie.

La critique se tait devant ce fier burin.
Mais, sans être un censeur, ce qui serait folie,
Ne peut-on regretter qu'en ce regard serein
Aucune expression n'ait été recueillie?

A poser devant lui tout le jour se passait.
En la transfigurant, quand elle était modèle,
C'est la reine du ciel qu'il contemplait en elle.

Lorsqu'après la séance, ajustant son corset,
Elle redevenait sa servante à tout faire,
Que pouvait-il y voir qu'une tête ordinaire?

LE MOISE DE MICHEL-ANGE

De brigands, de héros, de saints et de démons
L'histoire offre à nos yeux un singulier mélange.
Sans cesse bataillant et par vaux et par monts,
Jules II fut de Pierre un successeur étrange.

Comme pape, il n'est pas de ceux que nous aimons,
Sachant mieux au combat conduire une phalange
Que chanter une messe ou dicter des sermons ;
Mais, si c'est bien à lui que l'on doit Michel-Ange,

J'oublierai qu'il arma chrétiens contre chrétiens,
Et même j'oublierai cette sotte équipée
Où, contre nous, lui-même osa tirer l'épée.

Car sans ce vaniteux, digne des temps païens,
A Saint-Pierre-aux-Liens, humble et modeste église
Qui sait si nous pourrions admirer le Moïse.

L'APOLLON DU BELVÉDÈRE

« C'est beau comme l'Antique » est un mot bien connu.
Il est vrai.—J'ai touché ce marbre qui palpite,
Ce marbre dans lequel on sent qu'une âme habite.
J'ai vu l'homme divin et j'ai compris le nu.

Debout, la tête un peu rejetée en arrière,
Il commande. Il est Dieu. Certain d'être admiré,
Fier de sa force, il a le regard assuré,
Et son geste superbe évoque la lumière.

Ah ! c'est bien là le Dieu des fêtes du soleil,
Le Dieu rêvé, l'amant dont l'image idéale
Dans la réalité ne trouve pas d'égale,
Et que la jeune fille attend à son réveil.

Maintenant..., qu'un critique, à qui rien ne résiste,
Mesurant au compas le bas des deux jarrets,
En déclare un trop court, à quelques lignes près,
J'avoue avec douleur que la chose est fort triste.

Car comment croire à rien, si ce bel Apollon,
Ce type de beauté, de grâce et de noblesse,
Ce corps tout imprégné de vie et de jeunesse,
N'a pas le tibia tout à fait assez long ?

SOUVENIR DE LA MINERVE

Ami lecteur, salut, et que Dieu te conserve !
Quand on se croit à Rome, on retrouve Paris.
Si la chose t'advint, je n'en suis pas surpris.
Car tout Paris descend Hôtel de la Minerve.
Tandis que mon voisin, un monsieur bien gourmé,
Rouge, ridé, barbu, le nez sous ses lunettes,
Déblatérait très fort contre le seize mai,
Débitant, d'un seul trait, beaucoup d'autres sornettes,
A quoi je répondais : *peut-être*, ou l'*on verra*,
Ma voisine de droite, une bonapartiste,
Me disait que sa fille était vraiment artiste,
Et qu'elle demeurait quartier de l'Opéra ;

3.

— Eh ! oui, vraiment artiste, et, de plus, presque belle ;

Car quoi de plus exquis, de plus délicieux,

Surtout quand on y joint le doux nom d'Isabelle,

Que la grâce du corps et le charme des yeux !

Mais sur ces yeux rêveurs quel est ce sombre voile ?

Le roman de sa vie à peine a commencé,

Et l'on dirait déjà qu'un orage a passé

Et pâli pour jamais le front de cette étoile.

C'est qu'elle est trop aimante et son cœur était prêt.

D'un époux digne d'elle elle aurait fait son maître,

Mais, s'en étant tracé quelque idéal portrait.

Celui qu'elle eût choisi tarda trop à paraître.

Elle en rêve la nuit, elle y pense le jour.

Seule, devant sa glace, elle cherche à lui plaire,

Et, vouant à l'absent un culte imaginaire,

Elle reste, pour lui, *vestale de l'amour*.

L'AUDIENCE DE PIE IX

On a beau s'appeler le philosophe *un tel*,
Et, dans un grand journal élisant domicile,
Avec des esprits forts s'ériger en concile,
On peut, à deux ou trois, juger Dieu sans appel,

On peut se dire athée, on n'en est pas moins homme.
Où la foule se presse on veut savoir pour qui,
Et lorsqu'on est venu passer huit jours à Rome,
On s'inscrit au plus tôt chez Monseigneur Macchi.

Puis on est tout heureux d'avoir son audience.
Devant le très Saint-Père on se fait humble et doux,
Et, pour baiser sa main, on se traîne à genoux,
Sans trop se demander ce que l'*École* en pense.

Vous donc qui revenez, les yeux tout éblouis,
A moins que vous n'ayez déjà lu monsieur Taine,
Etes-vous, cette fois, autant que je le suis,
Capables de parler sans sarcasme et sans haine?

J'ai peut-être, à vos yeux, l'esprit un peu bien neuf.
Mais, espérant encor que vous serez sincères,
Je viens vous demander, incrédules, mes frères,
Ce qu'après l'avoir vu, vous pensez de Pie IX.

Eh bien, c'est, n'est-ce pas ? une grande figure
Que ce noble vieillard drapé dans son malheur,
Et qui reste debout, insensible à l'injure,
Calme devant la mort, fort contre la douleur.

Et lorsque, tout en blanc, il paraît dans la salle
Où l'attendent émus tous ceux qu'il va bénir,
Et qu'il parle de Dieu, de la vie à venir,
Avec le doux accent de sa voix musicale,

On se croit ramené jusqu'à ces temps anciens
Où, prêtre sans pouvoir, sans trésor, sans provinces,
Le pape, par la foi, régnait sur les chrétiens,
Plus puissant que les rois, plus riche que les princes.

AU JOUR LE JOUR

A PROPOS

DE LA

STATUE DE JEANNE D'ARC

DE FREMIET

Silence aux esprits forts, aux hommes sans croyance,
Que nous font leur arrêts ? Que pèse leurs science ?
Il faut d'autres secours à la patrie en deuil.
Des cultes oubliés on recherche la trace ;
L'heure n'est plus au doute et n'est plus à l'orgueil.
    La légende reprend sa place.

Reviens donc parmi nous, Jeanne, viens hardiment.
Paris veut, à son tour, dresser ton monument.
O Vierge, ne crains pas le rire de Voltaire.
Dans tes yeux inspirés tu peux montrer ta foi,
Et si quelque rhéteur refusait de se taire,
    Le peuple s'armerait pour toi.

Car, aussi bien, le peuple est un mystère étrange ;
Inconscient, il tient de la bête et de l'ange.
Il s'en va devant lui comme un être fatal,
Souvent fléau de Dieu, mais toujours son ministre,
Aujourd'hui pour le bien, et demain pour le mal,
    Il combat, sublime ou sinistre.

Jeanne, tu peux venir. Le peuple de Paris
T'appelle, et des deux parts vous vous êtes compris.
C'est sa sainte qu'il veut. Les Dunois, les Xaintrailles
Pour la revanche entre eux ont beau former des plans,
Il se souvient du temps où, gagnant des batailles,
    Jeanne chargeait aux premiers rangs.

Il le sait ; c'est pourquoi, si vous voulez lui plaire,
Artistes, faites-lui la Jeanne populaire,
Tenant haut sa bannière où se dresse la croix.
ue la femme, pourtant, se sente sous l'armure !

Que, surtout, autour d'elle on entende *ses voix*.
        Mettez-lui Dieu dans la figure.

Que si quelque nuage est empreint sur son front,
J'y consens. Sa tristesse à la nôtre répond.
Dans le regard perdu de la jeune héroïne,
Peut-être pourrons-nous lire un jour l'avenir.
Heureux, si ce jour-là, sa bannière s'incline
        Pour nous sauver et nous bénir.

Mais nous, vaincus d'hier, devenons dignes d'elle.
Des partis obstinés trop longtemps la querelle
A produit les Bedfort, fait surgir les Bismarck,
Arrachons de nos cœurs tout ce qui les divise,
Et qu'un seul étendard, celui de Jeanne d'Arc,
        Nous réunisse et nous conduise !

Devant la sainte image, à genoux, à genoux !
Là-bas l'ennemi veille ! et nous, souvenons-nous.....
Aux pieds de Jeanne-d'Arc que chacun pleure et prie !
Car ce bronze vivant, cette Jeanne à cheval,
C'est, pour tous les Français, l'âme de la patrie,
        Sublime sur son piédestal.

LE CORBILLARD DU PAUVRE

SONNET

Sur la ville enfumée un noir brouillard s'étend.
Il fait triste, et pourtant en un immense effluve
La vie au loin déborde. On dirait un Vésuve
Vomissant les humains de son sein palpitant.

Du milieu de ce flot qui monte à tout instant,
Dans la foule étouffé, comme dans une étuve,
Tel le ferment grossier que rejette la cuve,
Parfois un malheureux émerge haletant.

4.

Et lorsque sur son front le sombre voile glisse,
La mort n'est plus souvent qu'une libératrice,
Car, à ses yeux éteints, ne brillait nul espoir.

Un humble corbillard vient le prendre à sa porte,
Et, faute d'un ami, son chien lui sert d'escorte,
Et, près du cimetière, il hurle jusqu'au soir.

A MADEMOISELLE MARIE FREMIET

SOUVENIR DU SALON

———

Tableaux qu'à l'âme révoltée
Présentent des peintres fameux ;
Nérons à la face injectée ;
Locustes à l'œil venimeux ;
Anges déchus, sombres gorgones,
Captifs au fond des cabanons ;
Démons femelles, vibriones ;
Forçats roulants de lourds canons ;

Scènes de guerre et de carnage ;
Vautours s'abattant sur des morts ;
Inquisiteurs ivres de rage,
S'acharnant sur de pauvres corps ;
Faunes que derrière des grilles,
On montre aux passants ahuris ;
Monstres cruels, hideux gorilles,
A vous la médaille et le prix.
Pour moi, l'œuvre que je préfère,
Et sachez que je m'y connais,
L'œuvre que j'aurais voulu faire,
C'est un certain *coq japonais*.

A MON FILS LUCIEN

A QUI ON AVAIT CONFISQUÉ DES VERS

Au doux appel de tes seize ans,
La vision vient radieuse,
Et la muse tendre ou joyeuse,
Du ciel t'apporte les présents.

Jeune homme qui te crois poëte,
Ne t'enfle pas d'un vain orgueil,
Car la muse est une coquette,
Sous ses fleurs se cache un écueil.

Pour suivre la robe légère
De cette Atalante aux pieds d'or,
On quitte la main tutélaire.
Du bon sens, ce sage Mentor.

Dans les champs de la fantaisie
On est emporté sans retour.
On joue avec la poésie,
Et l'on badine avec l'amour.

Pendant qu'on poursuit ces fantômes,
Adieu devoirs, adieu travail.
On préfère à leurs sains arômes
Les âcres parfums du sérail.

On emprunte aux Orientales
Leurs rhythmes les plus nonchalants,
On cherche aux genoux des Omphales
Des poses d'Hercules galants.

On parle à la lune, à la nue.
De ses vers on boit l'opium,
Et puis l'on est en retenue
Et l'on attrape un bon pensum.

A MADEMOISELLE MARIE DE P...

Marie, ô douce enfant, si dans tes jolis yeux
    Ton âme se reflète.
Comme en l'onde limpide où boit la violette,
    Se reflètent les cieux.

Si, sur ton front si pur apparaît la pensée,
    Gaie et tendre à la fois,
Comme d'un rayon d'or, à travers les grands bois,
    La lumière irisée.

Si, sur tes nobles traits qu'adoucit la bonté,
Sur ta joue enfantine,
La pêche unit ses tons à ceux de l'églantine,
Et son fin velouté,

Et si ta voix profonde émeut l'âme ravie,
Si tes jeunes accents
Emportent le poëte et lui troublent les sens,
Et lui prennent sa vie,

Si tout est charme en toi, si l'on rêve le ciel
En te voyant sourire,
Si tout subit le joug de ton aimable empire
Au foyer paternel,

Ne crains pas de l'entendre, à quelque loi sévère
Que ton cœur soit soumis,
Ce que je dis de toi, cela m'est bien permis,
L'ayant dit de ta mère.

A ANTOINE DE LATOUR

SONNET

Nous gravissons ensemble une montagne aride.
Souvent la chair se blesse aux ronces des chemins.
La froidure est intense, ou la chaleur torride,
Le roc ingrat et dur ensanglante les mains.

Derrière chaque pli, derrière chaque ride,
Un abîme est ouvert sous les pieds des humains ;
Chacun cherche un abri, chacun implore un guide
Pour son âme inquiète et ses pas incertains.

Dans ce sombre voyage où tout n'est que ténèbres,
Sur ces brisants marqués par des chutes funèbres,
Devant le noir sommet qui cache l'inconnu,

Heureux qui, comme toi, poëte aimé des anges,
Peut, s'élevant superbe au dessus de nos fanges,
Par la mère du Christ se sentir soutenu.

DÉVOUEMENT MATERNEL

(Historique [1])

--

On était au vingt mars. L'arbre des Tuileries,
Fidèle au rendez-vous, fêtait Pâques fleuries.
Au printemps nouveau-né le soleil souriant,
Sans être encor bien chaud, paraissait plus brillant.
Ses rayons tachetaient les feuilles déjà vertes.
C'était l'heure où l'air pur rend les maisons désertes,
Où les nounous, faisant assaut de beaux rubans,
Se groupent tout en rond et garnissent les bancs,

[1] Voir le *Figaro* du 18 février 1876.

Tandis que des bébés, sur qui veillent les anges,
Avec des airs gourmands s'agitent dans leurs langes.
Dans ce vaste jardin, où l'enfance se plaît,
Des filles, des garçons les rangs sont au complet.
Souvent, en se croisant, leurs troupes sont mêlées
Et remplissent de cris les profondes allées.
Enfin, pour compléter ce tableau printanier,
Vous avez de Paris le dessus du panier :
Duchesses en renom et femmes à la mode,
Jeunes étudiants oublieux de leur Code,
Elégants muscadins, modistes en congé,
Essayant sur les cœurs leur charmant négligé,
Et si bien qu'on ne sait, à voir cette corbeille,
De toutes ces beautés qui fait le plus merveille.

Ce jour-là, pour fêter le retour du printemps,
On avait entr'ouvert les corsages montants,
La dentelle partout remplaçait la fourrure.
Tout était frais, joli comme dans la nature,
Et rien n'était plus gai que ce luxe mondain
Etalant ses splendeurs dans ce royal jardin,
Comme dans un salon où tous, sans se connaître,
Viennent pour honorer un invisible maître ;

Quand, soudain, cette foule, en complet désarroi,
Rajuste ses manteaux, se sauve avec effroi.
Tout ce monde élégant tremble pour sa toilette.
Déjà maint parapluie a pris part à la fête.
Les enfants rappelés interrompent leurs jeux,
Reviennent tristement et se font leurs adieux;
Et tous, mamans, nounous, garçons et jeunes filles,
Du jardin délaissé vont assiéger les grilles.
C'est que, de ce beau ciel, tout à l'heure si pur.
Des nuages profonds ont embruni l'azur.
Voici du traître *mars* les tristes giboulées,
Qui, de leurs tourbillons balayant les allées,
Se déchaînent sur nous, messagères de mort,
De l'hiver qui s'enfuit triste et dernier effort.

Qui nous dira comment, par quels soins plus intimes,
Pour elle n'en trouvant jamais de trop infimes,
Une mère plus tendre, au cœur plus inspiré,
Préserve de tout mal son enfant adoré?
C'est que tout est prévu par sa sollicitude.
Du chaud, du froid, du vent elle a fait une étude.
Tel vêtement se met et s'ôte tour à tour.
Elle-même préside au départ, au retour.

Sur son bien le plus cher elle veille sans cesse —
Le moindre coup de vent fait trembler sa tendresse : —
« Oh ! s'il allait tousser ! Il semble que son front
« Est humide. — Nounou, prenez bien garde au pont !
« Enveloppez l'enfant ! — Courez ! — C'est un supplice !
« Couvrez-lui donc le cou. — Rattachez sa pelissse !
Et mille petits soins dont on se moque un peu
Jusqu'au jour où sur vous s'abat la main de Dieu.

O pères trop heureux ! ô mères trop heureuses !
Qui n'avez pas connu ces heures douloureuses,
Où l'affreux croup dispute à l'amour maternel
Un bébé rose et blanc désigné pour le ciel !
Où, penché sur ce lit, le front tremblant de fièvre,
C'est un dernier baiser qu'on cherche sur sa lèvre,
Et dans ses yeux mourants et quelque peu hagards
Sa dernière caresse et ses derniers regards !
C'est lui, c'est cet enfant, trésor qu'on vous envie !
Et voici Dieu qui vient et demande sa vie !
Votre vie à tous deux ! car, sans ce doux lien,
La vie est impossible et le monde n'est rien.

— « Mon Dieu, deviez-vous donc, après l'avoir fait naître,
« Sitôt nous retirer ce charmant petit être ?

« Il était si joli ! Ses longs cheveux bouclés

« Etaient comme la soie et blonds comme les blés !

« Il souriait à tous ! et ses douces risettes

« Sur sa joue amenaient deux mignonnes fossettes.

« Il savait bien parler. Il disait bien maman

« Et papa, sans chercher, tout seul, et couramment.

« Il était si joli ! Mais hélas ! plus de doute !

« Du ciel qui l'appelait cet ange a pris la route !

« Et ces coups si cruels, qu'ils nous frappent souvent ! »

Or, c'était le vingt mars ; il fit un très grand vent.

Comment arriva-t-il que la petite Berthe

Prit froid ? Pour le printemps l'avait-on découverte ?

Imprudence ou hasard, on ne sait. Le mal vint,

Terrible. Ah ! ce jour-là, longtemps on s'en souvint !

Cette maison qui s'ouvre et que la mort visite,

On dirait qu'en ce jour personne ne l'habite !

Des plaisirs de Paris chacun faisant son choix,

Monsieur est à son cercle, et Madame est au bois,

Et chacun, revenant, trouve à son domicile

Le couvert mis, l'enfant et la bonne tranquille,

Pourquoi s'inquiéter ? N'est-ce pas, chaque jour,

Et la même sortie et le même retour ?

Les plaisirs de Paris sont un peu monotones.
Quant à la bonne, elle est comme toutes les bonnes —
Rien ne vient donc troubler le sommeil de la nuit,
Mais, le matin, un bruit étrange, rauque, un bruit
Qui retentit sinistre au milieu du silence,
Réveille tout à coup la mère qui s'élance;
Cette toux qu'elle entend, qui donc s'y tromperait?
Pendant qu'elle dormait, sa fille se mourait !
C'est le croup. — Un docteur ? — Chacun court et s'empresse.
Oh ! combien on est lent au gré de sa tendresse !
Mais il arrive ! — « Eh bien ! docteur, dites-moi tout !
 Est-ce bien grave? » — « Non... l'e nfant tousse beaucoup.
« Il faudrait... Mais je crains ! Avez-vous du courage ? » —
« Oui, docteur. » — « Eh bien ! non, ce ne serait pas sage !
« Je reviendrai demain,..» — « Je reviendrai demain !
« A peine l'a-t-il vue et regardé sa main !
« Mais *demain*, c'est un siècle ! Mais *demain*, c'est peut-être
« La condamnation du pauvre petit être ! »
Pourtant par ce *demain* tous étant rassurés,
Alors que de la chambre ils se sont retirés,
La pauvre mère, seule, au chevet de sa fille,
Comprend, à cette toux, à ce regard qui brille,
Que ce *demain* fatal, qui s'approche à grands pas,
C'est la mort qui lui prend son trésor dans ses bras !

. . . .

Alors il se passa cette chose inouïe,

Que, dans son désespoir, tout près de la folie,

Elle sentit au cœur un amour assez fort

Pour oser disputer son enfant à la mort.

En Dieu seul elle a mis toute sa confiance.

Son amour inspiré lui tient lieu de science.

.... Une toux plus profonde et comme un râle sourd

Lui fait pousser un cri; vers sa chambre elle court.

Prend un canif, revient et fait d'une main sûre

Au cou de son enfant une longue ouverture;

Puis d'un mouvement prompt sur le lit se baissant,

De la gorge infectée elle suce le sang;

Elle panse la plaie, et, sa tâche achevée,

Elle tombe à genoux... L'enfant était sauvée !

TABLE

ROMA

AU JOUR LE JOUR

Paris. — Alcan-Lévy, imprimeur breveté, 61, rue Lafayette.

www.ingramcontent.com/pod-product-compliance
Ingram Content Group UK Ltd.
Pitfield, Milton Keynes, MK11 3LW, UK
UKHW020023080726
13614UKWH00004B/1524